花の渦

Hana-no-Uzu

Yoshiki Saitoh

齋藤芳生歌集

現代短歌社

花の渦＊目次

Ⅰ　二〇一四年〜二〇一六年

Ⅱ　二〇一七年

花の渦

I

二〇一四年〜二〇一六年

春の向こう

林檎の花透けるひかりにすはだかのこころさらしてみちのくは泣く

*

あ、まちがえた、とつぶやく子どもの鼻濁音嬉しくてぽんと咲く木瓜の花

間違いは誰にでもある　消しゴムで消してはならぬこと、消えぬこと

テスト終えて「つかっちゃあ」などと言うほかは訛ることなく我にもの言う

つかっちゃあ＝疲れたあ

てわすらを叱れどもてわすらは大事　春の子どもがもの思うとき

てわすら＝手遊び。消しゴムかすを丸めたり、シャープペンシルを分解したり。

避難した子もしなかった子もその間のことには触れぬようにじゃれ合う

逃げるとは生きること温き泥の中おたまじゃくしはわらわら逃げる

「お母さんが」と作文に書く幼さに赤線二本引くのも仕事

科挙の話などはじめれば目を覚まし十四歳のすこし笑える

「だから学校は！」と私が怒る時「だから塾は！」と怒る教師あらん

怒ることにも哀しむことにもやがて倦む財布の鈴をちりちり鳴らし

住宅街のこんな小さな竹藪にゴイサギの家族棲みて声あぐ

よき教師であった父なり春蘭を咲かせて我と母とに見せて

水を肥料を遣りすぎてついに枯らしたる蘭のこと、かつての教え子のこと

塾があれば学校なんかいらない、とつけつけ言いき十四の春に
黙礼するにあらねどすこし目を伏せて道路除染の前を過ぎたり

ああ春の向こうからどっと駆けてきてふくしまの子らがわれの手を引く

紙絵の菊

あふれてやまぬ恋のようなる風は吹き天心に鳥を押し流しゆく

二本松に古くから伝わる汁物がある。

「ざくざく」と呼べば腹よりわくちから郷土料理は大鍋に煮る

新規入塾生には今どき珍しい子、のつく名前、たとえば「智恵子」

高村、いいえ長沼智恵子知らぬ子も知る子も紙を切るとき静か

高村智恵子の紙絵「菊」

「恋愛はコスパが悪い」とわれらは言い紙絵の赤き菊も切らざり

練絹の白さに雲の流れゆく空のこころはひとを恋うこころ

智恵さん、と呼べばかなしも紙絵なればば褪せてゆくほかなき花の色

堪えかねて西日に光りはじめたり川はみちのくの生活《たつき》を濯ぐ

*

余花に降る雨あたたかくやわらかくふるさと遠くひとを眠らす

もちずり橋

橋ごとにちがう川風ちがうみず文知摺橋に青草におう

「ちゃんと除染していますから、」辞儀ふかく拝観料のお釣りくれたり

文知摺石磨いて磨いて人を恋う苦しさに降りやまぬ樹雨は

巨き石巨き翳なす哀しみにほつほつとへびいちご実らす

文知摺石磨くほかなき恋しさを棄てて忘れて日も翳りたり

芭蕉の脛、子規の耳朶　信夫文知摺しんしん冷えてほととぎす啼く

柘榴花咲く

硝煙のにおうことなき長雨に火を噴くように柘榴花咲く

「香を焚く、パレスチナの丘遠ければ身にあふれ来る恋しさを焚く」

様々な国籍の子どもたちがいた。

パレスティーン、と少年答えその眼伏せたり葡萄のように濡れいき

死者の数簡潔に伝えらるる夜の器ふるふる豆腐ふるわす

真夏日の塾の教室冷やされてパレスチナ、遠い国のおはなし

棗椰子噛むほどにいや増す怒り口腔に甘くあまくはりつく

火のような柘榴の花も砂となれ　慟哭の深くふかく浸みゆく

ガザ遠く照らしにゆかん満月に大きく裂けてゆく柘榴あり

雨長き沼に亀あり泥まみれの歩みの果てに卵を産みぬ

歌っても歌わなくても痛むのだ　眉間にすっと下りてくる蜘蛛

透きとおる繭

伊達市霊山町「りょうぜん天蚕《てんさん》の会」訪問

終齢幼虫ころりとまろき糞をして動かざり今日糸吐かんため

くぬぎの葉食べまたたべて糸を吐く山蚕《やまご》の生のみどり一色

大切のあたまに触れてしまいたり山蚕おどろきぐわりと動く

天蚕糸《てんさんし》吐くあたま、歌を詠むあたま、いずれ貴き　繭透きとおる

山繭のみどり淡きを掌にのせてつくづく見れば薄暑翳りぬ

もくもくと食べてもくもく繭つくるようにもくもくとものを書くなり

重すぎるあたまを今日は傾けて山蚕のように空仰ぐべし

線香花火

集落の遠き冷夏を記憶して紺青の朝顔は濡れたり

かたく扉《と》を閉ざせる蔵の白壁に影を濃くして待ちいるや祖父

炎天の底がぬけた、と見ていたり蜻蛉の群れのあふれてやまず

鄙びたるおんなの笑う口に似て鬼百合ひらく　あなたのうしろ

猛暑日の暮れて大粒の雨降りぬこころを濡らしこころをあふる

線香花火

牡丹、松葉、柳、散り菊　ほのほのと照らされて父も母も老いたり

長すぎる翅と足もつががんぼのかなしみは障子紙にぶつかる

線香花火小さく爆ぜるよろこびの後の暗みに我も眠らな

怒らせたのはきっとわたくし秋草のなかの飛蝗はおとたてて跳ぶ

蟷螂は存外達者に飛ぶからに初秋の子らも我もおどろく

秋の帽子

フロントガラス露にびっしょり濡れていてはがしたる桜紅葉一枚

柿色の帽子可惜《あたら》し亡き祖母が秋の終わりに深く被りし

秋明菊揺れいる傍《かたえ》除染土は掘り返さるる　数人がかり

祖母のまだ在りしころ白きコンテナに除染土を詰めて深く埋めにき

埋めたのも秋天のもと　掘り出され並ぶ除染土重きコンテナ

向こう三軒両隣にも礼《いや》をして除染土回収のひとらは去りぬ

ぎんなんのにおい今秋もはげしくて子どもが騒ぐ学校の前

この先に祖母が笑っているような橡《つるばみ》をひろいながらにゆけば

除染土を取り除きたる庭に降る雨　一叢の菊を揺らして

門灯に照らされてきりぎりすありその寂しさもみどりいろなる

冬のとなり

阿武隈川あおく貫く市街地に白鷺ふえて水の香をよぶ

福島の子どもどんどん強くなる立体四目並べ愉しも

考えごとまとまらぬ日の赤朽葉、黄朽葉　雨に濡れて色濃く

個別指導は人差し指をよく使いさし示すこの子の泣きどころ

冬タイヤの重さは冬の来る重さ交換を待ち居れば時雨るる

遅咲きの菊を枯らして音もせぬ庭の寒さにしばし俯く

わたくしの視界にふっと来て白し雪虫は夕暮れにとけたり

水系

鴨たちの首寒そうに川はあり君の息よりも白き朝霧

越冬のかしましさはや大群の椋鳥のびてちぢんでのびて

未練のような熟柿残れる枝の先さらして冬の枝の撓みは

ひとを恋う髪すすがんとする水のするどくてはつか雪のにおいす

雪の日の二礼二拍手一礼の息の白さよ硬貨を投げて

積もりゆく雪はぽっかり洞のある大樹のこころやわらかくする

非常勤の塾講師とう朗らかさ集えば給湯室に湯が沸く

*

その枝のあおくやさしきしたたりよひとは水系に傘差して生く

白木蓮

白木蓮の香り燦たり太き苞を割りひらきたる痛みの後《のち》の

ひらきはじめのはなびらにしわあることの羞《とも》しさに木蓮は沈思す

花の渦

もう逢えぬ人あまたある三月に小鳥来てふいー、ふいー、と啼くも

一周忌の仏壇に手を合わせたり祖母も微笑みおらん春の日

書いては消し、消してとうとう歌わざりきあっけなく祖母の逝きたる春を

大地震を耐えたる指の細きかな取り出だす箱の中なる雛《ひいな》

うつくしき扇ひらきて持つのみのそれのみの手よ古りし雛の

祖母よあなたの孫娘ふたりのための雛の袖の色も褪せたり

わたくしと母を今なおおどろかす祖母の箪笥のすこし傾げる

閉園の後の園舎の屋根の上に春来たり雀密かに番う

広辞苑よりかさりと落つる押し花の紅褪せて思い出せぬ春の日

山桜の花をはさんだのはあなた藍深き広辞苑のなかほど

よかったねえ、よかったねえとくりかえす祖母のようにも桜揺れたり

みちのくの春とはひらく花の渦　そうだ、なりふりかまわずに咲け

Ⅱ

二〇一七年

霾《つちふる》

消しゴムかすをいじっていた子も聞いているごみ箱を漁る駱駝の話

人の子のようには泣けぬ哀しみを覆いいしかの駱駝の睫毛

アブダビってどこ、と問われてそういえばこの教室には世界地図がない

「外国にはもういかないの？」いかない、と答えて彼方《あなた》見れば　つちふる

少年は砂のようなるさびしさを椅子にのこして教室を出る

火祭りの火を

くろぐろと重なり合うは火祭りの火をふり仰ぐ人間のこえ

私たち頬とこころを存分に煽られて見る火祭りの火を

隣りあう炎と炎交われはわれらの前に高く勢う

燃ゆるほかなき心かな深秋の底方《そこい》にふたり差し出だしたる

銀杏の葉街路を覆いはじめたり祭りの火なべて消えたる朝《あした》

時雨心地はさておき今朝も出勤す火の粉烈しき祭りの後を

火祭りを終うれば雪を待つのみの青天に離しがたかりし掌よ

三十代のこんな端っこが焦げていてなんてことだろう君という火は
私から離してしまった君の掌に燃えていたのは、恋じゃなかった

情熱なんていらない、そんなはずはない　あなたをさがすこころははだか

牡丹供養

阿武隈《あぶくま》川の水も澄みゆく冬なれば鴨の懸命な潜水は見ゆ

吾妻颪に向かって走る冬が好き頰の真っ赤な子どもであった

須賀川牡丹園

雪を待つばかりとはなる枯菊を焚いて、今宵は牡丹を焚いて

からからになるまで生きた牡丹の木燃えながら照らすにんげんの顔

牡丹焚く炎熱くて閉じる眼の奥に純白の大輪咲《ひら》く

子どもの頃のわたしがどんどん駆けてゆく牡丹供養の煙の向こう

小さき神現るる朝　寒牡丹の明るきひとつ依代として

ふくしまへ帰る

二百円を我に乞いたる自称元除染作業員にこの冬遇わず

*

緑濃き椿覆える春の雪ふふみぬ三十代を終うる日

錦鯉寄り合う池に春はきてまずは金色の一尾がうごく

雪解けの水にたっぷり濡れている街へ花桃を購いにゆくなり

ぽたぽたとしんしんと、今日はらはらと阿武隈川にかなしみを棄つ

跳びはねながらわたくしを呼ぶ六歳と見にゆかんこの六度目の春

一杯の春の素水《さみず》に飲みくだすさびしさもくやしさも二〇〇〇日

月の暈ぽーんと大きい春の夜をあなたと帰る、ふくしまへ帰る

松齢橋

自転車を漕ぐその先に舞う花を松齢橋の灯りが照らす

流れ来し花とめどなく橋脚の辺に渦巻くを長くながく見つ

橋の上より見ればすずしく佇っている青鷺のような君であったよ

大群の蜉蝣に呑まれてしまいそうな夜だったこのトラス橋ごと

ふくしまを出るたびに、そして帰るたびに松齢橋はわが渡る橋

青葉をくぐる

残雪を仰ぐひとはや教室に色あたらしき教具調え

花もどりの人の歩みとすれちがう橋の上とはゆく春の上

わかってもわからなくても頷く子頷けば雨、今日は花の雨

にこりともしないこの子をどうしよう手を替え品を替えどうしよう

七歳になった息子と帰省して午後をひたすらに眠るいもうと

欅の樹に声あらばわれを呼ぶ声の太く美しからん五月よ

しんしんと国語辞書引く小六のあの子に似ているなあ、胡瓜草

歌友とはありがたき友　泣けてくるような青葉を共に見上げて

雪の上、青草の上たれもたれもまっすぐになど歩けぬものを

もう痛くはないがあまたの傷をもつ舟として青葉若葉をくぐる

桃畠の雨

桃畠遠くなりまた近くなる飯坂電車《いいでん》の窓を手触れつつ見る

車窓より望めば除染土積むところ、太陽光パネル並びいるところ
飯坂電車のクロスシートを撫でてみれば桃の実の肌のような手触り

医王寺前駅をゆっくりと発車する昼の電車は二両編成

真言宗豊山派医王寺

駅からは少々歩かねばならず汗あえてゆく夏の医王寺

源義経に仕えて討死した佐藤継信、忠信兄弟の墓碑がある。

兄弟の武勇を語り継ぐ声の訥々と百日紅を濡らす

緑蔭の墓碑に滴る雨の粒あたたかし（もう泣かないでください）

高校生ら一駅ごとに降りてゆき花水坂《はなみずざか》駅が最後のひとり

どちらを向いても細き雨降る桃畠歌友の家はあの先にある

傘を持たねば桃もわたしも濡れてゆく雨よ雨、青草のにおいの

わたくしのこころ傷んでいるところつうっと流るる桃畠の雨

モニタリングポストがこんなところにも裏に飛蝗が隠れているよ

「フクシマの桃をあなたは食べますか」問いしひとを憎まねど忘れず

蕭々たる雨と低温に耐えている一千本の桃の樹を見よ

剝いた桃の湿りと香り残りいる指をもてテスト用紙を数う

塾講師の業務いろいろ　本棚の上のポトスに水を遣るなど

小山鉄郎『白川静さんに学ぶ　漢字は怖い』

髑髏《されこうべ》の象形文字が「白」だという漢字はこわい、にんげんはこわい

発声はよくよく丹田に気を溜めて初等部夏期講習会初日

教うべし桃栗三年柿は八年、人間の生業は百年

先に帰れと言われても兄を待っている弟は兄と同じ瞳をして

漢字テストの静けさの中に迷い来て黒揚羽音をたてず出でゆく

じじっと鳴いて飛んでゆくのは油蟬夕暮れに黄金《きん》の尿《ゆまり》を放ち

草の穂のように子どもは（さようならまた明日）そう、きっとまた明日

振り返ってもう一度お辞儀する兄とまっすぐ駆けてゆく弟と

夢ではない日々――日付のある歌――

9月17日（日）　朝から雨。

わたくしのことばでもなくこころでもなき深処《ふかんど》に雨くだりゆく

9月18日（月）　今日は計八コマの授業。

一コマ目の前に押し込むようにして食べた蟹チャーハンが重たい

9月19日（火）　子どもが何やらまるくて平べったい植物の種子を拾ってきた。

いろいろなものをなくしていろいろなものを拾って、この子七歳

9月20日（水）　彼岸の入。

曼珠沙華は咲くのではなく爆ぜるのだ延々と土の湿る墓所まで

9月21日（木）　とても久しぶりに、アブダビで働いていた頃の同僚からメール。

とても遠いけれども夢ではない日々を想えば金の砂こぼれたり

9月22日（金）　持病のため、定期的に血液検査を受けている。

止血帯さっさと解いて本を読む（こんな日は歌集歌書でないものを）

9月23日（土）　小さく切ったメラミンスポンジで教室にあるすべての机を磨く。

意外にもへたらずにがんばっている「激落ちくん」が、いいえわたしが

はつゆきはまだか

福島市の中央に位置する信夫山の中腹に、岩谷《いわや》観音と呼ばれる磨崖仏群がある。その数大小合わせて六十体あまり。

磨崖仏目鼻くずれていたりけりあたたかな秋の日和のなかを

風化、とは　みほとけの崩《く》えゆくさまを曝してふくしまの秋は短い
ふれずともほのあたたかし野紺菊群れ咲く丘に笑む磨崖仏

はだかの岩に観音を刻みたる記憶、安寧を冀いし記憶
しゃらしゃらと松の緑の枝が鳴る石仏の微笑みに影をなし

とどめを刺すようにふかぶかと射し込める秋の光に眼を閉じる

鳥の影ひらめいて白昼に消ゆ磨崖仏群をふり仰ぐとき

教室より大いなる虹の輪の見えてやがてはらはらと時雨れはじめぬ

わたくしに秋気冷気のしみてゆく積もりはじめた落葉を踏めば

斎藤清の木版画「会津の冬」全百十五点

雪降れば世界はきっぱり白と黒　黒き一部としてひと歩む

黒々と描かれいるは川の隈ひとの声深き雪に吸われて

暮らしには濃淡も明暗もあり会津の冬に灯る柿の実

雪厚く覆える家の軒下に干し物をして会津の冬は

会津の冬の白さは太き息を吐く会津のひとの生活《たつき》の昏さ

美術館より帰る欅の並木道に会津の冬の湿りはあらず

自転車の男子中学生三人《みたり》（ちわあっす）枯葉舞い上げてゆく

ひとつぶのどんぐり割れて靴底に決心のような音をたてたり

部屋ぬちに避寒させたる仙人掌の蕾がひらく　はつゆきはまだか

〈手袋の忘れ物あり。親指に小さい補綴のあと。記名なし〉

小雪舞う日の教室に来る子の手小さくて冷たくて、小さい

Ⅲ

二〇一八年

いずこにおわす

定禅寺通り

ぱたぱたっと小啄木鳥《こげら》飛びきて隠れたり欅の葉散り残れるところ

梅原鏡店の鏡が閃いておお、大量のわたしが映る

三瀧山不動院

ささやかな仲見世の前すれちがう亡き祖母のようにハイカラなひと

サンタクロースの仮装いとこそめでたけれ膝は丸だしの仙台四郎

四郎さんひらひらひらと遠く駆けてゆき行方の知れぬまま木の葉ふる

福の神いずこにおわす金銀の落葉を掻いて日がな一日

裸木に残されている小鳥の巣見上げれば初雪はもうすぐ

大きな花束

三つ編みの髪を烈しくふって泣く「いい子」と「都合のいい子」は違う

源平合戦

勝負にならぬ勝負またよし子の唱うる〈む、す、め、ふ、さ、ほ、せ〉立春大吉

得意札めいめいにもつ嬉しさは時に悔しさ札かぞえつつ

「京の夢大阪の夢」だれのゆめ　かるた大会の果てし静けさ

凍結の路面に滑りあおのけに倒れればああ、ふるような星

海老天の尻尾が密かに好きであるざらめ雪踏むような音たつ

しみじみと語らえばやがて雨となる雪よ蕎麦湯がまだあたたかい

三菱一号館美術館企画展「ルドン―秘密の花園」

「眼を閉じて」ふたたびひらく須臾の間を咲きつづけいる花々のいろ

版画集『夢想』

不可思議の生きものを飼うむらぎものこころはや　くろぐろと我を見る

宙《そら》に浮く巨き眼と向き合えば昏きこころに浸み出だす水

大きな花束《グラン・ブーケ》を落ちこぼれたる花として暮れゆく丸の内を仰ぎぬ

川崎市立京町小学校課外授業「夢教育21」短歌教室

「はみだしたってたりなくたってかまわない」歌ではなくて子どものはなし

この世界には白すぎる羽をふるわせて寄り来るよ二月生まれの鸚鵡

「放鳥の必要は特にありません（絶対不可欠なのは愛です）。」

春を待たずに生まれてしまった鸚鵡なりわたくしの掌のぬくもりを恋う

たんぽぽさん、と呼べばはあい、と開きたり年少クラスの木製扉

折り紙で折った小鳥は飛べないが幸せそうにポケットのなか

あのひとに（四六時中生徒のことを考えていた）水仙を購う

ふる花を

さらさらと雪ふりかかる渡し場の跡に身を寄せあえるは水鶏《くいな》

舫い綱解かれてもどることのなき舟のようにも遠し記憶は

金の砂、はた銀の雨わたくしの三十代にながくふりいし

地球儀に触れ折々に想い出づる臥して砂漠に祈りいしひと

折り紙の雛《ひいな》を渡しくれたるは悲傷の春を知らぬ六歳

（怒りではなく祈りとしての雪だった父は随分ながく見ていた）

みずうみを駆けて来るのはだれでしょう春の着所寝《きどころね》のゆめのなか

ひとひらひとひらと数えたきさびしさはあり夜汽車に遠く運ばれてゆく

みちのくにいっせいに咲く花々のそれよりも鮮やかな彩雲を見き

ふる花をひろいながらに来る子ども遠く見ゆ遠けれどよく見ゆ

信夫の里の

あくれば、しのぶもぢ摺《ずり》の石を尋《たずね》て、忍ぶのさとに行《ゆく》。遙山陰《はるかやまかげ》の小里《こさと》に石半《なかば》土に埋《うづもれ》てあり。里の童部《わらべ》の来《きた》りて教《をしへ》ける、「昔は此山《このやま》の上に侍《はべり》しを、往来《ゆきき》の人の麦草《むぎくさ》をあらして、此石《このいし》を試侍《こころみはべる》をにくみて、此谷《このたに》につき落《おと》せば、石の面《おもて》下ざまにふしたり」と云《いふ》。さもあるべき事にや。

早苗《さなへ》とる手もとや昔《むかし》しのぶ摺

「首都圏レベルの教育を提供します」水張田の夕映えはさておき

新規入塾生三名ともいい子なり競合他社の見学を経て

さなぶりの酒は辛口　仕事ってそんなものかなあ、そんなものだよ

たったひとつの花の首奪いあうような仕事が教育であってはならず

「集いの歌」と呼ばれている

十四歳（しのぶのさとのはなのみち）校歌とはうたうふりをするもの

細き首しょげているなり言い分を捩じ伏せるようにダメ出しされて

「月日は百代の過客にして」

わかりみがふかい、と言うから褒めてやる暗唱テスト合格ののち

卓の上に柏餅ぽってりとあり歌稿をめくるとき匂いたり

陸奥のしのぶもぢずり誰ゆゑに乱れそめにしわれならなくに

歌枕はるばる訪ね来しひとは忍草愛でやがて去るひと

さもあるべきことにや、と君がつぶやけば歌枕雨に濡れてゆくなり

あくがるることも懐かしむこともなし　信夫の里を生きて働く

しろがねの雲冷えてのち降りいだす雨のようなり涙こぼるる

教室の入口淡く日の差してぱたん、とわすれものの傘倒る

一羽きりになってしまったつばめの子が巣立つ世界はさびしいけれど

信夫の里にひかりがあふれそうである青葉は泣いているのではない

りんりんと

毎日新聞　戊辰戦争／明治維新１５０年第73期本因坊戦を詠む　五首

第一局　萩

初手を打つ指のすずしさ戦いの盤上にすっと差し出だされて

盤上にひかる碁石の黒と白りんりんりんと　外はぶち暑い萩
ぶち＝すごく

夏蜜柑かおる光を持ち帰るよく語りよく笑いしのちに

第五局　会津若松

立葵咲きのぼりゆく白昼の盤上に打たれたる石しずか

歌も碁も真剣勝負　蟬声も沢の音の烈しきも聞こえず

夏のうつわ

「ならぬことはならぬものです」

花塗りのうつわのようなこころかな「ならぬ」と説けば少女うなずく

鈴善漆器店

雨女われ完敗の猛暑日を歩みゆくなり髹《ぬり》の辻まで

髹＝うるし

消金地《けしきんじ》、平極《ひらごく》蒔絵、つぶやけば並ぶうつわがしろじろひかる

朱のうつくしきフリーカップを選びたり 掌《たなごころ》にひったりとおさまる

立葵てっぺんまでを咲きのぼりああ高いなあ、会津の空は

かつての夏休み、会津にほど近い祖父母の家で

朱磨きの菓子皿ありきこっそりと菓子をつまんで怒鳴られにけり

姉妹二人祖父《おおちち》に怒鳴らるることも愉しかりしよかんかん照りに

川の面にぴちぴちはねていたあれは川魚はた真夏の光

夏の花咲きっぱなしの集落に澱のようなる暑さが溜まる

玉蜀黍《とうみぎ》を抱えて帰り来し腕の力の充実を愛すべし

じんじんと灼けた鋼のようである陽が沈む山の向こうが会津

街道を通って夏がやってくる街道を通って会津へとゆく

その皮を座布団のように尻に敷き熊が玉蜀黍《とうみぎ》を喰うはなし

猪苗代湖に鬼沼という淀みありて泣く子はそこへ捨てられるはなし

本陣跡に一本の松もないけれど白虎隊がここに詰めていたはなし

会津へと向かう西軍の兵隊がこの家にも傾れ込んできたはなし
嫁に来たばかりの祖母が漆の木にひどくやられて寝込んだはなし

「女だがらって酌《しやぐ》なんかすっこどねえ」声低く我と妹を叱りし祖父よ

産むことはないけれどおんなのからだしろき器として夏を浴ぶ

河鹿鳴く声を聴きたり歌の友と一首をながく語りたるのち

旅の人は「さびた」と呼びぬ沢の上の空を覆えるのりうつぎの花

会津という夏のうつわに注がれて純米酒「会津娘」すずしも

さっきから河鹿が鳴いている沢に在りし日の祖父が釣り糸を垂る

飯盛山　会津藩殉難烈婦の碑

山の木の陰に佇つのみ女どち語り継がれてゆくかなしみは

烈婦列女あまた眠れる山の土百五十年を濡れているなり

烈婦になろうとはつゆほどにも思わねど烈婦の一人びとり愛おし

みどり濃き飯盛山ゆ見下ろせばはるばると美し会津の里は

まほろばってなあに、と問いし少年に見せたし　まほろばを見はるかす

土砂降りののちはからりと晴れ渡り飯豊の山々を見する会津よ

栄螺堂のふしぎはにんげんのふしぎぐるぐるのぼりぐるぐる祈る

水音の烈しかれども怒りにはあらず流るる百五十年

会津というふかきうつわにうるかしておけばじゅうぶん　哀しみは癒える
うるかす＝水やぬるま湯にしばらく浸しておくこと

起き上がり小法師のように起き上がり子どもが走る夏休み前

瀑布を仰ぐ

解答用紙おごそかに配りゆく真昼「ゆめゆめ空欄を残してはならぬ」

「女の子は減点されるって？」

目を伏せてしまうのはどうしてだろう「それはへんです」と手を挙げるとき

（……しかしながら、社会の本音と建前を教えることも教育でしょう？）

中学受験対策クラスの連帯を讃うべし　最終日の雷雨

夏期講習完走したる十二歳本音と建前を使い分くるよ

ああ、おお、と嘆き驚き添削をしておれば地震あり、震度3。

ひろいあげれば意志のようにもひかるなりヘアピンにひとつついている星

弁当箱と水筒をすすいだのちのからっぽよし、夏期講習終えて

盆の入　郡山市湖南町福良

炎暑熱暑極まりて疲労濃き家を溢るるように凌霄花《のうぜん》が咲く

この集落で生まれ育った母は英語の教師だった
「娘っ子が大学さ行ってなじょすんだあ」咲く花も散る花も答えず

墓所までの山道をのぼる　集落の死者の数だけある山の樹々

蒼黒の杉の林に吸われゆく迎え火の煙、ひとの聲

どちらも外来種
キクイモは食用、オオハンゴンソウは観賞用　いずれ花の黄の濃き

悪目立ちする花としてひとり佇つみどり一色の集落のなか

刈られても刈られてもああ、乱れ咲く大反魂草《オオハンゴンソウ》を嫌いにはなれぬ

九官鳥も九官鳥を飼っていたおじさんもおじさんの家もあらず

空き家一軒分の空白を猛然と埋めて咲くなりアメリカオニアザミ

*

銀河という瀑布を仰ぎずぶ濡れになったこころに、何も聴こえない

Ⅳ

二〇一九年

ざあっと、むがし

国見峠をたちまちに電車越えてゆく――ざあっとざっと昔《むがし》、栄《さげ》えた。

ざっと昔栄えた＝昔話が終わるときの決まり文句

サボテンの避寒愉しもわが部屋に子株抱えてまあるく並ぶ

わが部屋に寒さを避けて移り来しウチワサボテンのめくるめく躁

「畢《おわり》」の一字がくるくるまわって止まらない大長編小説読了ののち

幼児年長クラス

「たまごをうむいきものを○でかこみましょう」温とからんよ「うさぎ」のたまご

小学生

「鬼みたいにこわい」は直喩「先生は鬼だ鬼だ」と囃すのは隠喩

時雨《しぐれ》っていうんですよ、と教うればしぐれ、しぐれと手を伸ばしたり

読み聞かせの時間はいつもあっという間いいねえ、黄金《きん》のどんぐり一升

「ざあっとむがし、あったど」こえの濃淡のよきかな、語り聞かせの時間

ばか婿も屁っこき嫁も愛されて信夫の里の百年を生く

ばか婿を屁っこき嫁を愛せるかあわれ人生百年時代

夜中阿武隈川で漁をする人は瀬の激流に佇立する人影を見ることがある。それが男である場合もあり女である場合もあって、これを故老は瀬坊主瀬女と呼んでいた。瀬坊主は川の精とも、又水死者の亡霊、獺などの悪戯とも言われ瀬女は石女の魂であると言われている。

近藤喜一『信達民譚集』

泣くひとのようにも見えて夕暮れの川の瀬に佇っているのは川鵜

精神の強き一樹を想うなりあかあかと燃ゆる梢火の向こう

霜の夜の艶笑譚に集い来るみずからの影のようなる鴉

瀬女として佇める川の隈に月の在り処を見失いたり

ざっとむがし、ざあっとむがし――阿武隈川を渡る通勤路に風強し

はつ雪の前に交換せねばならぬこころもありて　生活はつづく

火のついたまま
小鬼のような猫が一匹飛び込んであかあかと芒野原の日暮れ

国道4号線二本松バイパス

にんげんどもはいつも苛々と渋滞す安達ヶ原入口交差点

連休中の一時帰宅

浪江の家《うち》に帰ってきた、と嬉しそうに話すこの子も受験生なり

燃えるような恋も怒りもないのだが先生はいつも熱い、と言わる

黒塚は阿武隈川の向こう岸にある
噪ぐのは安達ヶ原の芒の穂泣く鬼を呑みわたくしを呑む

穂芒をかきわけてかきわけて来ぬ千年絶えぬ流れの岸辺

阿武隈川の流れにあらがわぬもみじ火のついたままのようなひとひら

にっぽんの子ども

身の厚く白き鰆《さわら》の一切れを焼いて食うべぬ大雪の前

途切れがちな会話を続けるために飲む真冬の銀河高原ビール

雪ぐもりの空には誰の声もせず声のようなる雪がふるなり

スノウ・ドームのなかに籠っているような一日だった添削をして

盛大に雪を散らして天晴なり朝朝のひよどりの小競り合い

「ゾウの時間、ネズミの時間※」雪の日の子どもの時間、大人の時間

※本川達雄著

「視野を広く、思考をもっとやわらかく」新雪の上をどこまでもゆく

さらさらと青竹のようにさらさらとふる雪をはらうこと、赦すこと

姿勢よく敬語を正しくつかいながら風邪をひくのだにっぽんの子ども

十二歳のこころに雪がふっている冷えないように傍らに立つ

ひなたみず

テスト、テストの演習も大事だけれどしっとりとした授業がしたい

あたまがもうまっしろなまま見ているよ憤懣やるかたなき寒椿

雪の上に誰かの引いたはずれくじ落ちてあり赤いインクにじんで

あんなにいい子がどうして不合格なのだ（暴れたいのはあの子のほうだ）

高台より見ゆる家明かりのひとつ父は蔵書を整理している

元教師の父母はつかう放課後の炉辺談話というよき言葉
蠟梅のよくにおう坂道である路肩に凝る雪をのこして

一から五までの数を学んでいるこの子震災ののちに生まれて五歳

「おててつないで野道を行けば」歌うとき三月は泣けてきて困るのだ

数うるというさびしさよ咲く花を会えなくなってしまった人を

しっとりとした授業でした、とただ一度褒めてくれしよもう会えぬひと

仙台

ポケットに懐炉をひとつずつ入れて晩翠草堂までを歩みぬ

市立立町小学校

晩翠先生作詞の校歌は響くなり耐震補強されたる校舎

松本珈琲店まつりか

歌ごころ恋ごころすこし取り戻す珈琲チケットを一枚つかい

わたくしの歌はしっとりとしているか雪ではなくてもう雨が降る

叱られた子のように首《こうべ》を垂れてさりながら早咲きのチューリップ

ほったらかしにされてうれしい日なたみず三月の花をうかべていたり

せんせいにこれあげるよ、と小学生ら帰りしのちにのこる日だまり

河口に春は

ふる雨も哀しみもどうしようもない河口のみずのくさふぐ二匹

＊

おりがみケースにたっぷりとおりがみのあれば子どもの手よりつぎつぎと花

紙を折る手順どこかでまちがえて馬が怪獣になることもある

ついてしまった皺も折り目もしようがないおりがみケースにおりがみを仕舞う

*

ふくしまをはるばると流れきて濁る河口に春はとどまっている

柳絮の候

手紙ああ、いいね。あなたのまるい字で「拝啓　柳絮の候」とはじまる

山藤の花のむらさき濃きところ光をはこぶように蜜蜂

授業へ向かうわたしと歌をよむわたし青葉の交差点に見交わす

テストやばい、宿題やばい、やばいやばい、外は瘧《おこり》のような真夏日

快晴の鼓笛パレード屈託を踏んで均して子らは前を向く

子らの抱えるアコーディオンがいっぱいに孕む元気のなまあたたかさ

リノベーション工事の音の静まれば隣家にほととぎすの初鳴き

近所の山にツキノワグマが出た。福島県庁から1キロも離れていない。

保育園の目と鼻の先に熊撃たる詮方なしといえども哀れ

熊は増え人の子どもは減り続く如何《いかが》はすべきこの青葉闇

熊は雄、撃たれて樹より堕ちしとう土には雨の湿りがのこる

人の子も熊の子も行き処なし人の子は今日塾に来にけり

「どうして？」と問えばだんまりかたつむりたちまち殻に隠るるような

急いで出した答えはろくなもんじゃない。じゃない、けれども正答とする

模試という徒花よ結果速報を開いて閉じてまた開きたり

将棋盤にしんと真向かう子どもの眼やがて勝負をひっくりかえす

降りだした雨のにおいの今日はしておみなご三人《みたり》いつもなかよし

人の子に捕まるという一大事でんでんむしむし大かたつむり

最近の読み聞かせは新美南吉。

いまどきの子どもの好きな神様は塾に来る　おりがみがたりない

年長さん小さき両手にもちかえるそうっと「でんでんむしのかなしみ」

「おじいさんのランプ」のガラスふれあえる音聞こゆ本を読む子の背中

*

雨をよく弾く傘なり一年生今日は一度も泣かずに帰る

あとがき

歌林の会に入会して、今年でちょうど二十年になる。

入会当時の私は、大学卒業間際。何もわからずに電話をしたら、なんと出てくださったのが故・岩田正先生だった。「短歌を勉強したいんです」とおずおず話す私に、「それはいいですねえ、ぜひいっしょに勉強しましょう」と心底嬉しそうに言ってくださったあの優しい声を、私は生涯忘れない。あれが私の、歌のはじまりだったのだ。自分の歌を見失いそうになった時には、いつでも何度でも、あのときの先生の声を思い返そう。

＊

第二歌集『湖水の南』を上梓する少し前から、私は福島市内の学習塾で講師として働き始めた。その仕事を今も続けている。

他愛のないやりとりも、授業での真剣勝負も。子どもたちと過ごす時間は楽しくて楽しくて、教室にいる間の私は、子どもたちと、子どもたちのお父さん、お母さんと、そして同僚の先生たちと、いつも――ほんとうにいつも、笑ってばかりいる。このような職場に恵まれた自分は幸せだと、心から思う。

第三歌集となるこの『花の渦』には、そんな毎日のなかでつくった歌から三七八首を選んで収めた。子どもは心も身体も、どんどん大きくなる。さて私のつくる歌は、私という人間は、どうだろうか。

＊

これまでの二冊の歌集と同様に、多くの方々の力がなければ、歌集『花の渦』が一冊の本となることはなかった。

入会当初からまったく変わることなく、誰よりも厳しく、そしてあたたかく、私の不器用で危なっかしい歩みを見守ってくださる、馬場あき子先生。

歌に対する真摯でひたむきな姿勢を、いつもその作品や評論で示してくださる、歌林の会のみなさま。

強力なライバルであり同志であり、何よりも楽しい仲間である、「ロクロクの会」のみなさま。

今回も歌集の完成を共に喜んでくれている両親と妹家族、そして友人たち。

刊行にあたっては、現代短歌社の真野少さんに一切をお任せした。今回、長年憧れていた間村俊一さんに装丁を担当していただけることも、大きな喜びである。

*

最後に、相変わらず、何ともおっちょこちょいで頼りない私を「先生」と呼んでくれる子どもたちに、心からの感謝を。

歌を通して、これまで私はこんなにも素敵な多くの出逢いを得ることができた。これからのあなたたちにも、幸せで素晴らしい出逢いが、きっとたくさん待っている。

私はそう、強く信じている。

令和元年八月

齋藤芳生

かりん叢書第三五七篇

歌集　花の渦

発行日　二〇一九年十一月十六日
著　者　齋藤芳生
〒九六〇―八一四一
福島市渡利字渡利町
二―六
発行人　真野　少

発　行　現代短歌社
〒一七一―〇〇三一
東京都豊島区目白二―八―二
電話　〇三―六九〇三―一四〇〇

発　売　三本木書院
〒六〇二―〇八六二
京都市上京区河原町通丸太町上る
出水町二八四

装　丁　間村俊一

印　刷　日本ハイコム

製　本　新里製本所

ISBN978-4-86534-307-6 C0092 ¥2700E